CLAUDIA SCHMIDLI

Simba

Eine Geschichte für Kinder und Erwachsene

novum pro

www.novumverlag.com

Bibliografische Information der Deutschen Nationalbibliothek:

Die Deutsche Nationalbibliothek verzeichnet diese Publikation in der Deutschen Nationalbibliografie. Detaillierte bibliografische Daten sind im Internet über http://www.d-nb.de abrufbar.

Alle Rechte der Verbreitung, auch durch Film, Funk und Fernsehen, fotomechanische Wiedergabe, Tonträger, elektronische Datenträger und auszugsweisen Nachdruck, sind vorbehalten.

Gedruckt in der Europäischen Union auf umweltfreundlichem, chlor- und säurefrei gebleichtem Papier.

© 2020 novum Verlag

ISBN 978-3-99107-137-2
Lektorat: Susanne Schilp
Umschlagfotos: Chäty Schmidli, Christinlola, Pixelrobot | Dreamstime.com
Umschlaggestaltung, Layout & Satz: novum Verlag
Innenabbildungen: Seite 5, 7, 14, 15, 16, 18, 19, 25, 11 (oben), 26, 27, 28, 40, 41, 42, 43, 53, 55, 61: Chäty Schmidli
Seite 10, 25, 30, 44: Claudia Schmidli
Seite 61: Simba

Die von der Autorin zur Verfügung gestellten Abbildungen wurden in der bestmöglichen Qualität gedruckt.

www.novumverlag.com

e hoʻi mai ke aloha hou

Love Returns

Hey, ich bin Simba, wer bist Du?

Ich bin zusammen mit meiner Mama und meiner Familie auf einem Fleckchen Erde aufgewachsen, auf einer schönen, saftigen Weide mit anderen Ponys. Meine Mama ist eine ganz Liebe. Auch wenn ihre Beine schmerzten, zog sie trotzdem das Wägelchen, in das man sie einspannte. Mich hat man im Fohlenalter nebenan angebunden. Ich habe seit Geburt einen Herzklappenfehler, was die Menschen dort leider nicht wussten. Es war für mich anstrengend, nebenherzulaufen, aber ich habe das nicht gezeigt. Ich wollte ein Starker sein, meiner Mama zeigen, wie stark ich bin. Meine Mama wusste es. Sie wusste auch, dass ich anders bin. Aber die Menschen haben das nicht gesehen. Man hat mir einen Halsriemen angebracht und los ging's. Da man mir nicht zeigte, wie das ging und ich hinten das Wägelchen hörte, hatte ich Angst, dass es mir in die Beine fuhr ... da passierte es ... der Horror ... ich weiß nicht mehr alles, nur, dass ich umgefallen bin. Bin dann einfach wieder aufgestanden. Meine Mama vermittelte mir: „Lauf einfach neben mir her."

Was ihnen jedoch dann irgendwann aufgefallen ist: dass ich tagsüber viel auf der Weide lag, abseits der Herde. Ich war müde und krank. Sie redeten, dass man mich als Hengst nicht gebrauchen könne und dass man mich in die Metzgerei geben soll. Zum Glück kam *kein* wildes Tier und fraß mich. Was meinten die wohl mit Metzgerei? Weißt Du, was das ist?

Eines Tages kam mein lieber Futtergeber auf die Weide, aber nicht alleine. Sie gingen zu meiner Mutter und redeten irgendwas. Es interessierte mich, wer das war, und ich raffte mich auf, weil meine Mama mir ein Zeichen gab, ich solle zu ihr kommen. Naja, mich interessierte schon diese junge Frau, die da neben Mama stand und redete. Ja, und da waren ja noch andere Wesen, die redeten. Die junge Frau war sehr interessiert an meiner Mama. Meine Mama sagte ihr jedoch, sie solle mich kaufen. Die junge Frau verstand es, dass sie mich kaufen sollte. Kaufen? Ist ja unglaublich … mich kaufen? Ich war neugierig, und irgendwie war da eine neue Energie, die ich bei meinem Futtergeber nie sah.

Ein paar Tage später hat er mich in den Transporter geladen. Natürlich konnte ich mich von Mama und den anderen verabschieden. Es ging mir schlecht dabei, so schlecht, dass ich mehrere Tage Durchfall hatte. Hey, stell Dir vor, Du müsstest Dich von Deiner Familie verabschieden und weißt nicht, ob Du sie jemals wiedersehen wirst … das ist ganz schlimm. Das ist wie sterben. Ich „starb" also das erste Mal. Ich hatte Angst, alleine im Transporter. Meine Mama sagte, geh nur, es ist gut so. Meine Mama hat geweint und gewiehert, und ich habe auch gewiehert und geweint.

Ich war aufgeregt, und mein Herz pochte wie wild. Ich habe vor lauter Aufregung und „Sterben" noch die Orientierung verloren. Ist ja klar, ich konnte ja auch nicht aus dem Transporter rausschauen. Als der Transporter nach einer schlimmen Fahrt zum Stillstand kam und die Laderampe geöffnet wurde, kam mir eine unbeschreibliche Energie von Menschen und Tieren und Pflanzen entgegen. Ich war total aufgeregt und bebte innerlich. Ich war heilfroh, dass ich aussteigen konnte. Meine Beine schlotterten. Eine braune Hündin namens Shona kam sehr interessiert auf mich zu und beschnupperte mich und grüßte mich freundlich. Ich wurde ausgeladen, und da war wieder diese Frau. Sie brachte mich auf eine Weide.

Huch, was ist denn das? Eine ganz aufgeregte Eseldame und eine ältere Ponystute, beide ganz aus dem Häuschen, rannten auf der anderen Seite des Zaunes hin und her. Da wurde ich ganz wild und bin auch hin- und hergesprungen. Abends reklamierte dann mein Herz. Ich habe es wohl übertrieben auf der Weide; so bin ich herumgerast. Und überhaupt bin ich ja an diesem Tag das erste Mal „gestorben", dies hat mein Herz auch sehr gestresst, müde und sehr traurig gemacht. Ich wollte doch diesen Stuten zeigen, wer ich bin.

Ich durfte dann zusammen mit der Esel- und der Ponystute auf dieselbe Weide. Natürlich dauerte es schon circa eine Woche, bis mich die ältere Stute akzeptiert hat. Ich wollte eigentlich nur herumschmusen, jedoch wurde zuerst die Rangordnung festgelegt. Und dabei ging es ziemlich gefährlich zu. Mit angelegten Ohren und zähnefletschend zeigte mir die Stute, wer Chefin ist. Ich musste in den darauffolgenden Tagen manchmal fliehen. Weil ich ein Shetlandpony und kleiner bin, als die Ponystute namens Juliette, kann ich sehr schnell engkurvig um die Bäume auf der Koppel flitzen. So spurtete und kurvte ich mit ihr auf der Weide um die Wette. Sie gab dann stets seufzend auf. Mit der Eseldame hatte ich nicht groß Körperkontakt, da Juliette mich von ihr weghielt … das hat mich als Hengst natürlich genervt und auch mal wütend gemacht. Die Eseldame zog dann ziemlich bald in ein anderes Dorf, und somit nahm ich deren Boxe als meine. Ich war zuerst ganz hinten im Stall und jetzt bin ich ganz vorne in einer Boxe … ganz allein für mich. Meine neue Besitzerin hatte nichts dagegen. Und von da an hatte ich mit der älteren Ponystute Juliette eine Vizemama.

Eine ganz liebe. So lieb, wie meine richtige Mama. Sie lehnte mit ihrem Kopf rüber in meine Boxe, und wir näselten miteinander. Sie zeigte mir alles, und wenn ich mal etwas „Unfug" machte, gab sie mir zu verstehen, dass ich das nicht machen darf. Zum Beispiel ist es so arg lustig, die Putzkiste umzukippen und alle Putzutensilien einzeln herumzuwerfen. Das darf ich jedoch nicht, meine Vizemama hat mir das verboten … manchmal mache ich es dann doch … denn es ist einfach lustig, wenn der Hufkratzer, die Bürsten, usw. alle herauspurzeln. Dann werfe ich diese Bürsten herum. Die junge Frau fand es das erste Mal auch noch lustig, aber die weiteren Male nervte es sie. Sie machte jedoch nichts, denn meine Vizemama zeigte mir mit angelegten Ohren, dass ich es bleiben lassen soll. Naja.

Die junge Frau Claudia merkte, dass da etwas nicht in Ordnung war, und machte abends später jeweils Kontrolle. Nach ein paar Tagen kam dann der Tierarzt und untersuchte mich. Er stellte fest, dass ich einen angeborenen Herzklappenfehler habe und die Zähne auch nicht optimal waren, weil auch Ober- und Unterkiefer nicht schön aufeinander passten. Der Tierarzt verdrehte die Augen und konnte es nicht verstehen, dass so ein Herziger wie ich solche Probleme hatte. Dann fiel ihm ein, dass er bei einem anderen Pony aus meiner Familie jeden Monat einmal das Knie einrenken muss. Auch hatte er schon weitere Tiere von dort gesehen, die nicht ganz so waren, wie ein Tier sein sollte ... gesund. Claudia fragte den Tierarzt, warum er denn diesem Herdenbesitzer nichts sage, man könne ja normal reden. Denn diesem sei es sicherlich auch wichtig, dass er gesunde Tiere habe. Der Tierarzt meinte dann, dass es mal anstehe, auch ins Zuchtbuch zu schauen.

Viele Monate kam ich mir vor wie eine Zwiebel, die sich schälte. Ich hatte immer wieder gesundheitliche Schwierigkeiten. Hautprobleme. War völlig verwurmt. Claudia musste sich fast erbrechen, als sie am Tag nach der Wurmkur sah, was da alles im Kot war. Es sah aus wie ein Teller Spaghetti, voller Bandwürmer. Ich hatte diverse Erkältungen. Durchfall usw. War das eine Leiden endlich durchgestanden, kam schon das nächste Übel.

Ich bekam spezielle Kräuter, Tinkturen, Salben usw. ... ich wurde so richtig verwöhnt, das gefiel mir. Und ich wurde jeden Tag gestriegelt, das gefiel mir auch, das fühlte sich wie Massage an. Und da war immer wieder diese Energie, die mir Kraft gab. Ich durfte, jupijeh, auch jeden Tag auf die Weide.

Irgendwann hing ein farbiges Bild (sie nannte das Seelenbild) in meiner Boxe. Die verschiedenen Farben strahlten verschiedenartige Energien aus, was mir sehr gefiel, sodass ich mich sehr wohl fühlte.

Weil ich im Kreuz und in den Knien diverse Blockaden hatte, machte Claudia mit mir spezielle Übungen mit den Beinen. Beinkreisen war auch auf dem Programm, und hey, das war am Anfang gar nicht so einfach, auf drei Beinen zu stehen.

Die natürlichen Gesundheitsmittel habe ich sehr gerne eingenommen ... ich finde die so gut ... es war, als ob ich jedes Mal ein Goodie bekomme. Auch bekam ich mal homöopathische Kügelchen, die sich sehr lustig auf der Zunge anfühlen. Auch Akupressur machte sie bei mir. Circa drei Jahre lang hat Claudia mir ein Leiden nach dem anderen wegtherapiert und ist sicherlich selbst auch an ihre Grenzen gekommen, aber zusammen haben wir es geschafft und ständig dazugelernt. Und heute melde ich es der Claudia frühzeitig, wenn ich mal etwas für mein Immunsystem brauche. Ich schicke ihr eine Meldung durch, z. B. dass sie mit mir eine Echinacea-Kur machen soll, und dann macht sie das auch. Einmal hat sie es jedoch vergessen, und nach ein paar Tagen hatte ich eine Erkältung an einer Nüster. Beim Atmen hat's aus meiner Nüster getönt, als ob ich ein alter Dampfer wäre … hi hi. Claudia hat mir dann warmen Holundersirup gegeben, und dann war auch dieses Schniefen und die Erkältung nach drei Tagen wieder weg. Hey, und dieser selbstgemachte Bio-Holundersirup vom eigenen Hof hat total fein geschmeckt. Volle Energie!

Ich genieße jeden Tag die Weide, die Blumen, die vielen verschiedenen und sehr schmackhaften Gräser. Die vielen Tiere, die sich da treffen, wie Schmetterlinge, Wildbienen, Grashüpfer, Käfer, und Vögel und Spinnen.

Wann hast Du zuletzt einen Grashüpfer gesehen? Übrigens gibt's bei uns wieder den wunderschönen Schmetterling Schwalbenschwanz (habe gehört, dass dieser vom Aussterben bedroht ist). Meine Besitzerin hat darum im Gemüsegarten viel Fenchel angepflanzt. Weil diese Schmetterlingsraupen Fenchel gerne fressen. Die richten keine Schäden an, weil sie nur vereinzelt vorkommen. Und mmmhh … wenn sie Fenchel erntet, kriegen wir Ponys jeweils auch Fenchelkraut (nicht viel, sondern einfach als Goodie). Mmmhh … ist sehr gesund und schmeckt vorzüglich.

Natürlich sind da auch die lästigen Fliegen und Bremsen auf der Weide … wenn die mir zu viel und zu frech werden, dann schnappe ich nach ihnen oder springe einfach davon. Bei uns auf der Koppel steht noch ein uralter Hochstammbirnbaum. Er trägt nur noch ein paar Birnen und ist nur noch zur Zier hier, denn es ist schade, diesen Riesen einfach zu fällen. Da er schon so alt ist, ist er ein idealer Platz für den Buntspecht, um da zu verweilen und sich den einen oder anderen Leckerbissen aus der Rinde zu hämmern. Und er ist der Wohnort unserer drei Krähen.

Die Elstern kommen jeden Tag zu Besuch, auch sie wollten auf dem Hof wohnen, aber das Revier ist zu klein. Die Krähen akzeptieren nur kurze Schwatzbesuche von ihnen.

Sie erzählen mir immer, was so rundherum läuft auf dieser Welt. Ich bin sehr zufrieden, dass ich hier einen schönen Platz habe. Die Krähen erzählen mir viele schlimme Dinge. Dass es Tiere gibt, die in dunklen Ställen wohnen müssen, die nie die Sonne sehen, nie Regentropfen auf dem Fell spüren und nie im Schnee herumtollen können. Die stehen auf kalten Betonböden und müssen in ihrem eigenen Kot schlafen und sind dadurch psychisch krank. Und die sind gar nicht so weit weg von Dir. Ich dagegen habe ein schönes Schlafplätzchen mit Stroh, in das ich mich hineinwühlen kann und so natürlich wunderbar schlafen und träumen kann. Träumen, dass mein Herz wieder gesund wird. Gut schlafen, damit ich noch mehr Kraft tanken kann und so weiterleben darf. Und jeden Tag lustige Dinge mit den anderen Tieren erleben darf. Und ich bin unendlich glücklich, wenn der Wind durch meine Mähne bläst, dann sause ich mit dem Wind um die Wette. Da sind noch meine Freunde, die Ziegen Chnobli und Peppo. Die sind eigentlich ganz nett. Nur Chnobli meint öfters, er sei der absolute Chef, dabei bin ich Chef.

Da haben wir halt schon Meinungsverschiedenheiten und Rangeleien. Ich muss sehr aufpassen, damit er mich nicht mit den Hörnern erwischt. Peppo ist der Ruhige. Die beiden Ziegen sind vom Tierschutz gerettet worden und seither auf diesem Hof. Es besuchen uns auch fremde Tiere. Nachts höre ich immer den Fuchs, der auf Mäusejagd ist und auch mal etwas zu futtern auf dem Komposthaufen findet. Dann ist da noch der Marder, der auch schon seit ein paar Jahren in der Gegend wohnt. Letztes Jahr ist auch ein Hermelin eingezogen. Und neuerdings wohnt der Dachs bei uns.

Der hat unter den Scheiterbeigen Gänge gegraben. Auch eine Igelmama hat ihre Jungen bei uns aufgezogen.

Und wisst Ihr was? Unser Nachbar hat drei Alpaka-Hengste, und diese drei sind auch meine Freunde. Manchmal näseln wir am Zaun, das ist lustig und kitzelt. Und da sind immer wieder die Krähen. Die erzählen mir weitere Dinge. Dinge über die Menschen. Es gibt viele kranke Menschen. Die sind krank vor Neid, Eifersucht, sie lügen, sie sind korrupt, sie sind böse, sie sind depressiv, sie sind handykrank, sie streiten, sie sprechen Wörter mit negativer Schwingung, auch gibt es noch schwerwiegende Kranke. Viele sind krank, weil ihnen nicht bewusst ist, dass sie in Hektik leben und all die Zeichen nicht mehr wahrnehmen, und sie merken erst, wenn sie krank sind, dass sie krank sind. Diese Menschen sehen keine Grashüpfer, wie ich, und sie hören auch die Vögel schon lange nicht mehr. Und sie riechen weder den Frühling, noch den Regen. Aber diese Dinge entstehen viel viel früher. Ich möchte, dass Du Dich daran erinnerst und wieder auf die Zeichen Deines Körpers achtest, dass Du auch wieder lernst, die Zeichen zu lesen, die wir Tiere vermitteln, die die Natur jeden Tag zeigt. Und wenn Du diese wieder erkennst, wahrnimmst und in Harmonie leben kannst, dann bist Du auch nicht krank. Dann lachst Du auch jeden Tag und hast Freude.

Liebe Kinder, liebe Erwachsene,
Ihr müsst mir dabei helfen, indem Ihr bewusst mit der Natur und seinen Bewohnern umgeht. Sorge für Pflanzen, Tiere, Steine und Mineralien tragt. Viele von Euch meinen, sie hätten ein harmonisches Leben, aber wenn ich genau hinschaue, dann stimmt das nicht. Viele von Euch schaffen es nicht mal, in ihrem Umfeld Harmonie zu schaffen und zu leben. Wie soll dann die Erde gesund werden? Tut etwas dagegen! Schafft Euch Harmonie – jeden Tag von Neuem. Tut etwas und schlaft nicht! Viele von Euch sind in einem Dämmerzustand. Sie hängen tagsüber durch und schleppen sich träge vorwärts. Dabei übersehen sie das Wesentliche. Wacht auf und lebt JETZT! Viele von Euch arbeiten nur des Gehalts wegen und vergessen dabei, wirklich bei der Arbeit zu sein. Mit Freude zu arbeiten. Jetzt kreiert Ihr

das Morgen. Viele von Euch rennen der Zukunft nach, anstatt bewusst jetzt zu leben und zu sein. Darum sind viele gestresst, weil sie nach etwas jagen, das es nie geben wird.

Wann habt ihr Euch zuletzt Zeit genommen, nur für Euch? Nehmt Euch mal ein paar Stunden und setzt Euch in die Natur. Notiert Euch mal, was Ihr in dieser Zeit alles wahrnehmt (Tiere, Pflanzen, Wolken). Es ist immer viel, das da ist. Ihr müsst es nur wahrnehmen. Es ist soooo einfach, seht es einfach! Ich habe die Aufgabe, Euch dies zu zeigen, zu sagen … nehmt es an. Ihr werdet Euch nachher viel besser fühlen. Liebe Kinder, zeigt den Erwachsenen die Natur … viele sehen sie nicht mehr, und wenn sie die Verbindung zur Natur verloren haben, werden sie krank.

Es ist ganz einfach, ruht Euch aus und genießt die Natur, und staunt mal! Respektiert sie, und seid dankbar dafür, dass sie da ist, die Natur mit ihren vielen Wundern. Und dass sie uns Nahrungsmittel gibt. Schaut Euch die Landschaft an, die Berge, die Seen, die Pflanzen und alle Tiere. Habt Ihr die Sonne auch schon gesehen, den Mond und die glitzernden Sterne?

Schaut Euch die Schönheit der Natur an. Verbindet Euch mit der Natur. Erhaltet sie wunderschön. Respektiert das Wetter, die Erde, Steine, die Pflanzen, die Tiere. Träumt doch auch mal!

Die Natur gibt Euch Kraft. Kraft um zu Leben und Kraft, fröhlich zu sein.

Wann hast Du das letzte Mal so richtig herzhaft gelacht? Lach mal wieder jeden Tag! Wann hast Du zum letzten Mal in den Wolken gelesen? Oder mit den Steinen geredet? Siehst Du die Vögel? Weißt Du, wo sie wohnen und ihre Nester bauen? Was erzählen Dir die Bäche und Flüsse? Wo sind Ihre Quellen?

Mutter Erde ist krank im Herzen. Ich bin gekommen, um es Euch zu sagen, wenn Ihr es noch nicht gemerkt habt oder noch nicht wisst. Meine Besitzerin sagt wegen meines Herzens immer: „Das lassen wir offen." Mit dieser Einstellung hat sie mir das Leben gerettet und mich mit all den natürlichen Therapiemitteln soweit gebracht, dass ich einen gesunden und starken Herzrhythmus habe. Ich schwitze abends schon lange nicht mehr, wenn ich mal vor Freude zu lange auf der Weide herumgesprungen bin. Ich mache Luftsprünge und mache viele andere lustige Dinge zusammen mit den anderen Tieren. Ich habe starke Hufe und ein gesundes, glänzendes Fell. Die Krähen haben mir erzählt, dass vielen Pferden einfach das Fell geschoren wird, warum? Ich brauche meinen Pelz, damit ich im Winter im Schnee liegen kann, ohne dass meine Haut nass wird und damit ich nicht friere. Ich brauche meinen Pelz, damit die Regentropfen abperlen können. Und die Krähen haben mir erzählt, dass es Menschen gibt, die den Pferden einfach die Mähne schneiden, sodass es voll doof aussieht. Ich brauche meine Mähne, damit der Wind sie durchwirbeln kann, ich brauche meine Mähne, weil ich stolz auf meine Haarpracht bin. Damit ich ein „Dach" überm Kopf habe. Auch meinen Schweif brauche ich als Regendach … sonst bekomme ich ein nasses Füdli. Ich brauche meinen Pelz und meine Mähne, damit ich schön aussehe. Da gibt es Menschen, die ziehen den Pferden dann irgendwelche komischen Decken an. Damit die Pferde nicht frieren und vom Regen nass werden, sagen sie. Decken in den verschiedensten Farben und Mustern. Die merken nicht, dass dann bei den Pferden der ganze Fellkreislauf und Stoffwechsel durcheinanderkommen kann. Warum machen die Menschen das, habe ich die Krähe gefragt. Sie meinte, es gäbe verschiedene Gründe. Claudia sagte mir, dass viele Decken Verstärkungen an der Schulterpartie haben und diese dann vor allem im Schulterbereich Druckstellen und Blockaden hervorrufen können. Also, da bin ich wirklich froh, dass ich nicht solche Dinger tragen muss, denn ich könnte mich ja gar nicht frei bewegen und über die Weide fegen. Das würde mich in meinen Bewegungen einschränken. Ich brauche keine Hufeisen, weil ich starke Hufe habe. Ein unbeschlagener Huf weitet sich bei jedem Aufsetzen und zieht sich danach wieder zusammen. Das fördert die Durchblutung im Huf und sorgt für dessen Gesundheit. Ich kann auch auf Kieselsteinen gehen, und auch bei größeren Steinen habe ich keine Probleme. Meine Besitzerin muss meine Hufe auch nicht einfetten, das muss man nur bei beschlagenen Hufen, weil die spröde werden können (durch die Eisen und die dadurch schlechtere Durchblutung). Was sie ab und zu macht: Sie feilt an meinen Hufen herum, und dann kommt dann auch wiedermal der Hufschmied mit seinen Jungs, und sie machen mir schöne Hufe. Ich komme mir da schon wichtig vor. Sie arbeiten gerne an einem Pony wie mir. Bei meiner Vizemama machen sie auch gerne die Hufe. Sie macht dann immer ein Schläfchen. Ich nicht, denn ich muss ganz genau schauen, was die machen. Die ersten Male fand ich das gar nicht schön, wenn die am Schluss, um meine Hufe außen zu feilen, diesen Hufbock hinstellten und ich den Huf daraufstellen sollte. Da habe ich mich so aufgeregt, auch weil die den großen Hufbock hinstellten und den kleineren, speziell für Shetlandponys, vergessen haben. Da musste ich richtige Streckübungen vollführen, sodass ich fast umgefallen bin. Auf jeden Fall hat Claudia mit mir trainiert, aber etwas ganz anderes. Sie fragt mich: „Wer ist Chef?" und dann hebe ich den Vorderhuf, und meistens scharre ich dann ... das ist cool ... und ich bekomme ein Leckerli. Und als letztes Mal der Hufschmied da war, war sie auch anwesend, und als dieser Hufschmied am Schluss wieder mit diesem Eisendings kam, hat sie einfach gedacht: *Wer ist Chef?* und ich wusste, dass ich einfach den Huf heben soll. Und eigentlich war es dann richtig bequem, ihn auf diesem Eisending aufzusetzen, damit er mir die Hufe schön feilen konnte. Und speziell daran war: Ich war Chef.

Natürlich hat sie mir daraufhin kein Goodie gegeben, denn das war streng geheim zwischen uns. Erst, als die Hufschmiede gegangen waren, bekamen Juliette und ich eine Belohnung.

Ich mache regelmäßiges Bewegungstraining und ganz gerne mache ich auch Bodenarbeit ... natürlich alles im Rahmen und nie übertrieben, und meine Besitzerin sagt immer, wichtig ist, dass es FREUDE macht. Und das macht es auch, und wir haben es jeden Tag lustig. Manchmal bin ich etwas frech, dann ist es nicht mehr so lustig für sie, und dann macht sie noch weitere Übungen, sodass ich ganz viel lernen muss und vergesse, frech zu sein.

Als ich an diesen Ort gekommen bin, habe ich gelernt, wie ich die Hufe hochhalten muss, damit sie geputzt werden können ... das ist voll der Service. Auch habe ich gelernt, so ein Ding anzuhaben, ohne dass es mich stört ... das heißt, glaube ich, Halfter. Die Krähen haben mir erzählt, dass ich wirklich einen guten Platz habe. An anderen Orten werden

Pferde geschlagen oder an den Fesselhaaren gezupft, damit sie die Hufe heben. Ich habe gelernt, dass, wenn meine Besitzerin mit dem Hufkratzer kommt und sagt: „Jetzt putzen wir noch die Füße", ich dann weiß: Jetzt bekomme ich saubere Hufe und ich hebe deshalb gerne jeden einzeln auf.

Hey, kennt Ihr die Chips? Meine Besitzerin bereitet für den Winter immer Chips vor. Sie sammelt das Laub von den Bio-Apfel- und Birnbäumen, von der Birke, vom Nussbaum, von Eschen, Ahorn und Buchen im Wald und mischt dann alles und lagert es an einem trockenen Ort. Im Winter gibt's dann von diesen Chips einige ins Stroh.

Das ist fein, diese Blätter aus dem Stroh zu knabbern. Schmeckt gut, und sie sagt, die machen nicht dick. Natürlich gibt es die nicht tonnenweise, sondern einfach als Goodie und Beschäftigung.

Und im Winter bekommen wir Pferde und die Ziegen und die Kaninchen Tannenäste zum Knabbern. Ist total gesund. Hast Du auch mal eine Tannennadel gekaut? Musst Du mal machen. Oder hast Du mal eine Tannenharzperle im Mund zergehen lassen? Das alles ist sehr gesund, es ist Beschäftigung, Erkältungsprophylaxe und wir können die Rinde der Äste abknabbern. Auch Birkenäste oder mal Buchenäste haben wir sehr gerne. Hey, im Frühling kannst Du ja mal junge Birkenblätter in den Salat tun, das ist total fein und frisch. Claudia macht dies auch.

Im Garten gibt es seit einiger Zeit einen wilden Rosenbusch. Am Anfang des Sommers blühen viele, viele, wunderschöne, zartrosafarbene Blüten. Und im Herbst trägt dieser Rosenbusch dann hunderte Hagebutten. Hagebutten enthalten viel Vitamin C. Wir alle bekommen im Winter ab und zu solche Hagebutten. Auch Claudia isst sie so direkt vom Strauch … damit bleibt auch sie gesund und ist nie erkältet. Und diese Hagebutten schmecken wunderbar!

Letztens hat mir eine Krähe erzählt, dass viele Pferde immer noch geschlagen werden. Geschlagen mit Mistgabeln, Schaufeln usw. Weil der Mensch oft die Pferde nicht versteht, selbst vielleicht frustriert ist und dann alles an den Tieren auslässt. Ich finde, das sind ganz schlimme Menschen. Auch hat sie mir erzählt, dass viele Kühe und Rinder, selbst die Kälbchen, wenn sie auf die Weide getrieben werden, mit Holzprügeln geschlagen werden. Warum tun denn die Menschen das? Ich freue mich auf die Weide, und wenn ich auf eine andere Weide darf, dann zeigt es mir die Claudia, und dann weiß ich, dass ich dort hingehen kann. Und ich freue mich. Die Krähe erzählte mir, dass viele Kühe, weil sie tagelang im Stall am selben Ort angebunden sind, große Schmerzen in den Beinen haben und gar nicht schnell gehen können. Dann müssen sie sich auch ans helle Licht draußen gewöhnen. Dass jedoch viele Bauern keine Geduld hätten und drängen wollen, was die Kühe dann verunsichere. Einer dieser Bauern sei sogar im Kirchenvorstand. Was das ist, weiß ich nicht. Meistens sind es Milchkühe, die das ganze Leben angebunden am selben Ort stehen müssen und nur selten auf die Weide können. Diese armen Tiere haben dadurch schon in jungen Jahren Beinprobleme, Hüftprobleme, Rückenschäden, usw.

Und so erzählen mir die Krähen immer wieder schlimme Dinge über den Menschen.

Sie erzählen mir auch, dass es viele Menschen gäbe, die anders seien. Die Respekt vor Lebewesen haben und für die Natur Sorge tragen. Und da gibt es schon Bauern, die ganz viel Freude an ihren Tieren haben, und die einen sehr guten Umgang pflegen. Meistens sind es die Bauern, die es schon von den Eltern gelernt haben. Aber es gibt auch viele junge Landwirte, die schlechtes von den Eltern gelernt haben und so nicht mehr tun. Zum Beispiel hat einer von seinem Vater gelernt, dass, wenn die Rinder beim Verladen nicht in den Hänger wollen, man ihnen einfach die Schwänze brechen soll, dann haben die solche Schmerzen, dass die keinen Mucks mehr machen. Schlimm, oder? Dass dann die Wirbelsäule einen großen Schaden erlitten hat und die Tiere ihr Leben lang Schmerzen haben, merken diese Menschen nicht.

Ich freue mich dann immer, wenn Princess of Heustock, die Kätzin, mich auf der Weide besuchen kommt. Mit ihrer ruhigen und mystischen Art sieht man sie oft gar nicht, aber sie ist immer da und viel im kleinen Wäldchen neben dem Gemüsegarten. Hockt da unter dem wilden Kirschenbaum und beobachtet die Vögelchen.

Hey, wusstest Du, dass Kirschenbaum und Walnussbaum im Boden mit den Wurzeln ganz Gutes tun? Ja, die Wurzeln von diesen beiden Bäumen bringen Wasseradern energetisch ins Lot, sodass sie für Mensch und Tier nicht schädlich sind. Gut, nicht wahr?

Hey, ich muss Euch noch was ganz Wichtiges erzählen. Am Anfang, als ich einjährig war, damals, als ich ganz sehr in Disbalance war und noch keine Kondition hatte, da ging meine Besitzerin regelmäßig mit mir spazieren, natürlich auch heute noch. Damals ganz kurze Strecken, damit ich mich wirklich so aufbauen und stärken konnte … oberstes Gebot … viel Spaß daran haben. Das hatte ich natürlich … he he. Denn ich habe viele spannende Dinge gesehen, die ich zuvor noch nie gesehen hatte. Und wenn uns fremde Menschen begegneten, waren die immer happy mich zu sehen, was mich auch happy machte. Einmal begegnete uns jedoch eine Frau, die so blöde Bemerkungen machte. Die meinte, was man denn mit so einem Pony machen könne und für was denn so ein Pony gut sei. Dann hat die ein Gesicht gemacht, als wenn sie in Hundekot gefallen wäre. Das hat mich natürlich ganz doll traurig gemacht. Meine Besitzerin nahm dies zur Kenntnis und grüßte freundlich, denn diese Frau war eine, die im Gemeinderat arbeitete. Wir gingen dann weiter, und meine Besitzerin sagte einfach still vor sich hin: „Blödi Schese!" Mir erklärte sie dann, dass dies halt so eine Olle sei … keine Ahnung von Freundlichkeit und Anstand und irgendwie frustriert. Unsere fröhliche Ausstrahlung hat sie an diesem Tag vielleicht aus der Bahn geworfen. Die hat selber einen Hund. Hoffentlich hat's der Hund schön bei ihr. Meine Besitzerin meinte, es gäbe halt viele von solchen Ollen auf dieser Erde. Und das seien meistens ganz unzufriedene Menschen, die so giftig tun. Vielleicht hatte sie keine Freude an ihrem Job in der Gemeinde, oder sie hatte einfach einen schlechten Tag. Wir gingen natürlich weiterhin regelmäßig spazieren, und ich kam richtig ins Training. Wir lassen uns doch von so einer Ollen nicht die Lebensfreude nehmen. Naja, leider begegneten wir dieser Frau wiedermal, und sie machte wieder solche blöden Bemerkungen. Meine Besitzerin sagte daraufhin, dass ich Therapeut sei und dass ich in Zukunft für erwachsene Menschen therapeutisch eingesetzt werde. Dieses Gesicht hättet Ihr sehen sollen. Die hat richtig blöde aus Ihrer Wäsche geguckt und kommt wahrscheinlich heute noch nicht darauf, was damit gemeint war. Auf jeden Fall sagt sie uns heute anständig Grüezi und freut sich sogar, uns zu sehen. Und lächelt sogar.

Es gab da auch noch eine Verwandte, die hat, als sie mich das erste Mal sah, auch so blöd reagiert: „Was ist denn das für ein Ding?" Naja, ich muss selbst sagen, damals sah ich vielleicht noch etwas kränklich aus. Aber so etwas sagt man doch nicht, oder? Ich habe in meiner Herde, wo ich aufgewachsen bin, immer freundliche Tiere kennengelernt. Man beschnuppert sich gegenseitig und stellt die Rangordnung fest und das alles mit ganz viel Respekt.

Natürlich hat meine Besitzerin nur einfach so gesagt, dass ich Therapeut sei und eigentlich gar nicht selber geredet, sondern das kam einfach so aus ihr heraus. Und sie wusste selber noch nicht, was das soll.

Es ist viel Zeit vergangen. Ich wurde dann später noch auf der Weide kastriert, erholte mich auch davon und wurde immer stärker und stärker. Und mir machte es Spaß, regelmäßig auf die Piste zu gehen und an meiner Kondition ganz locker zu arbeiten. So konnte sich mein Herz zusammen mit meinen anderen Muskeln kräftig entwickeln und viel an Kraft zunehmen. Und wenn Ihr mich heute seht, dann seht Ihr mich, Simba, voller Stolz und Kraft und mit einem wunderschönen, glänzenden Pelz. Und ich strahle nicht nur viel Freude aus, sondern freue mich jeden Tag aufs Neue, dass ich es schön habe und dass liebe Tiere und Menschen um mich herum sind. Und ich erlebe viele spannende Dinge mit allen. Und fremde Menschen wollen mich knuddeln, weil ich so einen Knuddelpelz habe. Sie geben's natürlich nicht alle zu. Aber viele fragen meine Besitzerin: „Darf ich mal?" Natürlich fragt sie mich, und ich entscheide, wer mich knuddelt. Es gibt solche, die knuddeln mich ohne Vorwarnung, da sage ich dann auch mal: Stopp! Nicht, weil sie nicht dürfen, sondern weil man mich zuerst fragen muss. Ich springe ja auch nicht auf fremde Pferde los, sondern sage zuerst „Grüezi". Jaja der Mensch. Der hat noch viel zu lernen.

Einmal waren wir unterwegs, da kamen wir an einem Restaurant vorbei. In der Gartenwirtschaft saßen an einem Tisch ein paar Männer. Als wir da vorbeigingen, sagten die was zueinander und lachten uns aus. Claudia hat nicht gehört, was sie gesagt haben, ich schon, denn ich höre sehr viel besser, als sie. Ich sagte der Claudia, sie solle sich vorbereiten, denn in spätestens einer Dreiviertelstunde würden wir auf dem Rückweg wieder an diesen Leuten vorbeigehen. Ich sagte ihr, da würden dumme Sprüche kommen. Claudia überlegte und überlegte, ja wie sollte sie sich denn vorbereiten, sie wisse ja nicht, was die sagen würden? Naja, sie lenkte den Focus auf unseren schönen Spaziergang. Es kam ihr jedoch wieder in den Sinn, als wir auf dem Rückweg schon von Weitem sahen, dass diese Männer immer noch am Tisch saßen und sich schon etliche leere Bierflaschen vor ihnen auf dem Tisch aneinanderreihten. Als wir näher kamen, grölten die schon wieder so blöde und machten dumme Sprüche. Claudia hat dies gemerkt, jedoch nicht reagiert. Also habe ich einen Stopp gemacht und die „Handbremse" angezogen. Alle Männer an diesem Tisch haben gelacht und zu uns geguckt. Claudia hat zu denen geguckt und freundlich „Grüezi Mitenand" gesagt. Jedoch kam kein Grüezi zurück. Der eine rief: „Hey, der ist parat für die Schlachterei, der hat das richtige Gewicht!"

Claudia hatte das schon gehört, aber sie sagte trotzdem: „Wie bitte?" Der Typ sagte es nochmal: „Der ist parat für die Schlachterei, der hat das richtige Gewicht!" Alle am Tisch haben dumm gelacht.

Stell Dir mal vor, was da für Energien auf uns zugekommen sind.

Ich hatte die Handbremse immer noch angezogen und Claudia in Sekundenschnelle vermittelt, dass dieser Typ eine liebe Frau zuhause habe, die schon dabei sei, das Mittagessen vorzubereiten. Und ich habe Claudia vermittelt, dass, wenn sie jetzt nicht die „Stopp – Taste" bei diesem Typen drückt, der den ganzen Frust an seiner Ehefrau am Mittagstisch auslassen würde.

Okay, es ging alles ziemlich schnell, und Claudia sagte in einer stoischen Ruhe: „Sie meinen, Sie sind bereit?" Der Typ rief: „Hä?"

Und sie wiederholte: „Sie meinen, Sie sind bereit, bereit für die Schlachterei, denn Sie haben mit Ihrem Bierbauch mehr als das Schlachtgewicht!"

Was denkst Du Leser, was dann wohl passiert ist?

Es ist folgendes passiert: Der wahr so baff und lief knallrot an. Der sah aus wie ein Nikolaus. Ho ho.

Es war in diesem Moment einfach nur noch still. Alle guckten auf den Tisch und machten keinen Mucks mehr, und sie schämten sich.

Ich habe die Handbremse gelöst, sodass wir weitergehen konnten. Claudia durfte stolz sein, denn sie hatte ihm den Wind aus den Segeln genommen. Und ich wette, keiner von ihnen hat es an diesem Tag nochmals versucht, den persönlichen Frust an irgendjemandem auszulassen.

Nachher lachten wir.

Jaja, der Mensch, der muss noch viel lernen.

Hey, ich will Dir noch was anderes erzählen. Meine Besitzerin hatte recht damit, dass ich Therapeut bin. Oder anders gesagt, ich bin's geworden. Nämlich wirkt das schon erhellend, wenn ich unterwegs bin und aus fremder Menschen tiefstem Herzen heraus ein Lächeln zu mir herüberkommt. Da weiß ich wieder, die haben Freude an mir und möchten mich eigentlich knuddeln. Und wenn sie nur ein paar Stunden noch daran denken, dass sie mich an diesem Tag gesehen haben ... wirkt das. Siehst Du, so einfach macht man das!

Hey, aber was ganz anderes noch, da kam eine Frau mit mir und meiner Besitzerin spazieren. Die hatte mal einen ganz schlimmen Autounfall und dabei diverse Knochen gebrochen. Sie wurde von Ärzten wieder zusammengeflickt. Sie wollte, dass meine Besitzerin sie therapiert. Meine Besitzerin hat ihr gesagt, sie sei nicht krank und sie müsse auch nicht therapiert werden. He he, das hat die wohl stutzig gemacht, weil sie gesundheitlich halt noch nicht ganz topfit war. Diese Frau wollte aber, und meine Besitzerin hat ihr gesagt: therapieren nicht, trainieren könnten wir jedoch. Und zwar mit dem Pferd. Dieser Frau sind fast die Augen aus dem Kopf gefallen ... mit dem Pferd?!! Nein, nie!! Sie sagte sie hätte Angst vor Pferden. Meine Besitzerin sagte, dass ich ein kleines großartiges Pferd sei, nämlich ein Shetlandpony, und sie solle doch mal vorbeischauen.

Was dann kam, war einfach: „Jö"-wie herzig... das kenne ich ja schon. Natürlich habe ich sie nur mit meinem Blick und Herzen erobert. Wir gingen von da an regelmäßig mit Katharina spazieren. Ja, die ist eine ganz Spezielle, und sie hat durch diesen Unfall viel durchgemacht und viele Schmerzen gehabt. Und es war nicht immer einfach für sie, mit uns spazieren zu gehen, weil halt auch Schmerzen da waren und dann riesengroße Krokodilstränen gekullert sind ... manchmal wegen der Schmerzen, manchmal kam ihr was von früher oder vom Unfall in den Sinn ... es war gut so. Auf jeden Fall lachte sie schon während des Spaziergangs auf einmal wieder. Hey, Ihr solltet dieses Lachen mal hören … ein lautes, schelmisches Lachen, halt eben typisch für Katharina … das macht richtig fröhlich. Es hat sich was verändert – zusammen mit der Energie in der Natur, zusammen mit den Vögeln, die uns begegnet sind, zusammen mit unserer Hofhündin Shona, die ihr jeweils fröhlich entgegenrannte und sie laut bellend begrüßte. Und sie hat angefangen, sich mit ihrem Krafttier zu beschäftigen und bekam davon auch wieder Energie. Und da waren noch andere Dinge, die passiert sind, aber das sage ich Euch nicht, das ist ein Geheimnis zwischen mir und Katharina. Dann kommt noch dazu, dass die Katharina einen riesengroßen, starken Willen hat. Und bis jetzt alle ihre Zwischenziele erreicht hat. Also die ist vom Drei-Meter-Brett im Schwimmbad ins Wasser gesprungen … psst … und ein Jahr später konnte sie wieder Velo fahren … psst … und wieder später hat sie uns mit dem Auto besucht. Natürlich war es nicht ihr Auto. Denn sie hat mir mal gesagt, dass sie so einen „Stinki" gar nicht braucht, weil sie alles zu Fuß machen kann oder mit der Bahn. Ich weiß nicht, was die Bahn ist. Ihre Bahn? Vielleicht ist es dieses komische Ding, das ich schon gesehen habe – mit so vielen Fenstern, wo viele Leute drin sitzen und geradeaus schauen. Kann ich nicht verstehen, denn die müssten doch zu mir schauen und mir Grüezi sagen. Aber die, die ich in diesem Fahrzeug gesehen habe, haben alle geradeaus oder nach unten geschaut. Vielleicht dürfen die nicht den Kopf drehen, oder vielleicht hatten die auch mal einen Unfall und können die Köpfe nicht drehen. Naja. Ich habe trotzdem Freude.

Weißt Du, es gibt viele Vögel, die sich im Herbst zu ganzen Formationen sammeln und in den Süden fliegen und dort den Winter in der Wärme verbringen. Auch Schmetterlinge fliegen diesen weiten Weg, um dann im Frühling wieder zurückzukommen. Manchmal frage ich mich, ob der Mensch das Gleiche tut. Er sammelt sich mit anderen Menschen und sitzt in der Bahn … sind das auch Zugvögel? Die meisten kehren zurück, es gibt auch solche, die nicht zurückkommen. Und die, die zurückkommen, sind vielleicht auch geschwächt und müde, wie die Zugvögel aus dem Süden, jedoch mit neuen Eindrücken und Ideen.

Im Stall bei Juliette an der Decke hat mal ein Admiral den Winter verbracht. Ja wirklich!! Dieser Schmetterling hatte seinen Schwarm verpasst, als er sich für den Flug in den Süden formiert hat. Und damit er nicht erfrieren musste, hat er eben bei Juliette oben an der Decke beim Holzbalken ein Plätzli gefunden. Als Claudia dies sah, kam sie ins rotieren, der braucht doch Futter, was frisst der? Auch wenn er in so eine Winterstarre gegangen ist, wollte sie ihm trotzdem etwas geben. Sie wusste nicht was, aber Juliette und ich wussten, was er braucht, denn wir haben mit ihm gesprochen. Er wollte nur ein bisschen Blütenhonig. Also hat ihm Claudia ganz sachte und nahe neben seine Füße ein bisschen Honig an die Decke gestrichen. Sie erschrak am anderen Tage, weil der Schmetterling im Honig stand. Sie erschrak, weil sie meinte, der komme da nie mehr mit seinen Füssen raus. Der sei festgeklebt. Hi hi, hey lieber Leser, warst Du auch schon in einer Winterstarre? Hi hi, warst Du auch schon festgeklebt? Claudia hat ihn so sein lassen. Hey, und eines Tages im Frühling, als Claudia wie jeden Tag unsere Liegeplätze sauber gemacht hat und das Fenster zum Lüften öffnete, hörte sie ein leises Knarren: die Flügel vom Admiral. Er bewegte sich langsam aus dieser Starre und flatterte mit seinen Flügeln. Der Honig war aufgefressen. Und dann, hey, so schön … flog er zum Fenster raus in den Frühling. Tschüss!! Hey, hast Du auch schon mit den Flügeln geflattert und bist in den Frühling geflogen?

Und ich? Weißt Du, wenn ich mit dem Wind flitze und immer schneller mit den Hufen in den Boden stampfe, dann zischt es nicht nur in meiner Mähne, sondern dann kommt was ins Rollen. Wenn ich über die Wiese galoppiere, ist das wie wenn ein Delphin wellenreitet oder wenn ein Bussard sich ganz hoch in die Lüfte schwingt und dann im Sturzflug Richtung Erde sausen lässt. Dann … dann höre ich, was mir der Wind sagt: „Hallo Simba, es ist wichtig, dass Du jeden Tag solche Freude hast, das gibt Kraft und Zufriedenheit!" Und da hat der Wind recht, ich bin sooooooooooo zufrieden.

Meine Besitzerin gibt mir immer genügend Pause und Erholung nach meiner therapeutischen Arbeit. Denn ufff hey, da kommt einiges zusammen. Da gibt's verschiedene Energien. Auch Medikamente, die Menschen nehmen, spüre ich, und das muss ich ja dann alles verarbeiten, nicht wahr? Aber ich kann das, ich bin Therapeut und trainiert und habe Freude, wenn mit den Menschen spannende Dinge passieren. Und wenn ich mal einen Ausgleich brauche, „beame" ich Claudia durch, dass ich wiedermal eine Klangschalentherapie möchte. Ja, die Claudia hat sich selbst mal eine Klangschale geschenkt, um diverse Sachen auszuprobieren. Im Haus, an ihr selbst und an uns Tieren. Wenn Claudia mit dieser Klangschale daherkommt, sucht Flavia, die Hündin, das Weite und verschwindet irgendwo. Juliette findet dies ätzend und braucht dies auch nicht. Aber ich, Simba, bin total begeistert und genieße diese Klänge. Natürlich hören's die anderen Tiere im Stall auch und Juliette sowieso. Solange sie mit dieser Schale nicht in Juliettes Boxe geht, ist's in Ordnung. Ich schlafe immer ein, so gut tut dies. Claudia sitzt immer auf dem Krippenrand und schlägt diese Schale an, und manchmal lege ich meinen Kopf auf Claudias Knie und schlafe eine Runde bei diesen Klängen. Auch bin ich schon einfach so nebenan eingeschlafen, und ich habe nicht bemerkt, dass sich Claudia irgendwann davongemacht hat und im Stall das Licht löschte.

Da ist auch Peter. Peter ist der Papa von meiner Besitzerin. Wenn die Claudia mal unterwegs ist, betreut uns Peter. Er macht das tipptopp. Und er schaut immer, ob wir alle zufrieden sind. Und wenn er etwas anders macht, als die Claudia, dann zeigen wir's natürlich. Er will alles professionell machen. Damit wieder etwas Lockerheit ins System kommt, machen wir ab und zu Späße. Es ist soo lustig, wenn er uns von der Weide holen will. Nur … wenn ich ganz unten auf der Weide bin, und er will mich von der

Weide holen, versucht alles perfekt zu machen, hat es schon im Kopf durchgespielt wie er es machen will. Na dann, … dann warte ich einfach bis er auch ganz unten auf der Weide ist. Na dann … und dann … gebe ich … Vollgas … und vorbei an Peter …wie ein Rodeopferd buckeln … schnell zurückschauen … und schon bin ich am Eingang oben. Und Peter … hi hi … er muss lachen … ich hab's geschafft … habe etwas Lockerheit in den Ablauf gebracht … Juliette spielt mit … wir warten … wir warten, bis er auch bei uns am Eingang ist … und dann … wir beide, ich und Juliette … Vollgas … an ihm vorbei … zurückschauen … ja, es hat geklappt … er muss lachen … kann es nicht verstehen … er hat ja alles perfekt gemacht … rennt zu uns, ganz unten auf die Weide. Wir warten … bis er auch da ist … und dann … hi hi … Vollgas … hi hi … Chnobli und Peppo springen ganz aufgeregt auf ihrem Baumstamm hin und her … ganz aufgeregt … Nachbars Alpakas … juppijeeh … springen auch hin und her, am Zaun entlang … und dann in der Firma nebenan … die Angestellten gucken durch die Fenster … hi hi … total lustig … Hey, ich kann Euch sagen, das tut soooooooo guuuuuut!

Übrigens haben wir dasselbe mal mit den Hufschmied-Jungs gemacht. Die Jungen mussten uns einfangen, und der Alte Hufschmied hat zugeschaut und sich den Bauch gehalten vor lachen!

Ja, und Claudias Bruder Daniel, der hat uns auch schon von der Weide geholt … hi hi.

Das braucht man einfach ab und zu. Naja, sonst machen wir das nicht. Aber ab und zu muss man den Puls auf der Weide für die andern schon mal auf Touren bringen. Das ist gesund.

Ja, und dann ist da noch die Chäty, das ist Claudias Mutter. Sie macht auch mal den Stall, wenn die Claudia unterwegs ist und Peter im Wald am Holzen. Wenn ich den Löli machen will, findet sie es nicht lustig und tut nicht dergleichen. Sie will ihr Programm durchziehen. Übrigens hat sie gelernt bis drei zu zählen. Ja, sie hat von mir gelernt bis drei zu zählen. Sie sagt zwar immer ich hätte gelernt bis drei zu zählen aber das stimmt gar nicht. Am Abend gibt's jeweils noch Bettmümpfeli und weil sie immer nicht weiß, wie viel drei ist, rassle ich mit der Kette, und sie gibt mir eins, zwei, drei Goodies. Ich muss sie aber immer wieder dran erinnern. Ja, wisst Ihr, bei mir am Boxeneingang gibt es noch eine Kette. Früher, als da noch die Eselin wohnte, haben sie am Sommer jeweils die Kette gespannt und die Türe offengelassen. Das können sie bei mir nicht machen, denn ich gehe untendurch raus und würde den Heukorb leerfressen. Aber die Kette ist schon gut. Die haben mal vergessen, mich auf die Weide zu lassen. Und wenn ich nicht mit der Kette gerasselt hätte … somit mussten ich und meine Vizemama nur fünf Minuten warten, bis wir auf die Weide konnten. Ich schätze halt Pünktlichkeit. Spannend bei Chäty ist, sie hat immer viel zu erzählen. Von vielen verschiedenen Menschen. Von ihrem Gesundheitsturnen bei Vreni oder auch von ihren Besuchen bei Oma im Pflegeheim. Sie macht jeweils ihre Pause draußen vor unserem Stall, und weil ich und Juliette auch Mittagspause haben, lausche ich immer mit. Ja, und Sie war es, die der Claudia so viel über Pflanzen beigebracht hat. Schon als Claudia noch im Kinderwagen herumgekurvt wurde, ging Chäty bei jedem Wetter mit Claudia in die Natur und erklärte ihr viele Dinge. Und für Claudia war es somit schon immer klar, dass jede Pflanze einen tiefen Sinn hat und es gar keine Unkräuter gibt. Und jedes Tier seinen eigenen Charakter hat.

Einmal da kam der Tierarzt. Thema Zähne stand an. Ich war irgendwie auf einmal total gaga und merkte schon, dass der da mit einer Riesenfeile in meinem Maul herumhantierte. Er hat da keine gute Prognose gemacht, und meine Besitzerin nahm das zur Kenntnis. Irgendwann war ich dann wieder auf der Weide. Der ganze Kopf tat mir weh, und ich habe aus dem Maul geblutet. Kunststück, sagte die Claudia. „Der hat Dir nicht nur die Zähne geschliffen, sondern auch das Zahnfleisch geraspelt." Weil im ganzen Maul mein Zahnfleisch verletzt war, hat sie mir dann Notfallmittel gegeben, damit es nicht noch eine größere Sauerei gab. Und sie sagte mir: „Dieser Tierarzt hat ja keine Ahnung, weder von gutem Werkzeug, noch vom Zähneschleifen." Naja, für mich war das Thema beendet. Meinte ich. Oh Mann … irgendwann viel viel später, da kam wieder einer. Ich meinte, ich höre nicht recht. Der kontrollierte Juliettes Zähne. Nur, sie hat kein Problemgebiss und ihr ganzes Leben keine Probleme gehabt, und sie steht einfach da und lässt sich im Maul herumschauen und etwas die Zähne schleifen. Der hatte Spezialschleifer dabei. Er erklärte, dass man die Frontzähne eines älteren Pferdes nur mit einer rotierenden Schleifmaschine abschleifen darf. Wenn man Schleifer nimmt, die aussehen wie Hufraspel, dann können bei einem älteren Pferd die Zähne anfangen zu wackeln. Naja, das wusste der Tierarzt, der damals kam, anscheinend nicht. Auf jeden Fall hat der die ganze Zeit irgendwelches Zeugs geredet. Ich glaube, der war vielleicht ein bisschen nervös, vielleicht wegen mir. Naja, wenigstens hatte der keine Angst, ins Maul zu schauen, wie damals der Tierarzt. Meine Vizemama war bald behandelt. Und dann kam ich an die Reihe. Oh nein, nicht ich, dachte ich. Mir schleift man da nicht an den Zähnen rum, Punkt. Ich stand nicht still, schlug mit dem Kopf, stieg, als der mir das Maul öffnen wollte, und schlussendlich wurde es ziemlich gefährlich. Meine Besitzerin landete in der Futterkrippe, und Peter drückte ich an die Wand. Na, da staunten sie alle. Der kleine Simba hat doch so viel Kraft. Eine Sedierung in den Hals wollte ich auch nicht, denn ich erinnerte mich noch an den Tierarzt, der mich einfach betäubt hatte und als ich wieder voll da war, hat mir damals ja der ganze Kopf geschmerzt. Das wollte ich nicht noch einmal. Jedoch hat der Typ den Rasierapparat hervorgeholt und meinte, mich am Hals rasieren zu können. Aber sicher nicht mit dem Rasierer. Ich meine, ich habe keine Angst vor solchen Geräten, aber der hat mir einfach am Hals Pelz wegrasiert. Es war draußen kalt, und ich brauche meinen Pelz! Also bin ich gestiegen und habe wild getan. Leider hat's mich dann unten durchgezogen, und ich bin auf die Seite gestürzt. Sie haben mich dann festgehalten, und irgendwie war ich auf einmal müde. Und dieser Typ hantierte da in meinem Maul herum. Interessanterweise tat es gar nicht weh, und der hatte ganz gutes Werkzeug dabei. Der war erstaunlicherweise ziemlich schnell fertig, und dann konnte ich selber aufstehen. Sicher selber, ich bin ja Chef. Ich war wütend. Wütend auf alle. Ich war noch drei Tage wütend. Aber ich bekam wieder irgendwelche Kügelchen, die es mir erleichtert haben. Weißt Du, weil ich mit dem Herzen Probleme habe, kann man mich halt nur leicht sedieren. Naja, anscheinend war es wichtig, und dieser Dentist hat das ganz gut gemacht, sodass ich wieder besser fressen konnte. Ich hatte zwar Umstellungsprobleme, aber nach ein paar Tagen ging das tipptopp, und ich habe mich an die neuen „Winkel" gewöhnt. Der hat auch meiner Besitzerin aufgezeichnet, was er alles gemacht hat und warum und wie was wo. So etwas kann, glaube ich, der Tierarzt gar nicht oder hat das nicht so intensiv gelernt.

Zwei Jahre später kam dieser Typ dann wieder. Als ich merkte, dass es keine Birne gab und ich auch eine Behandlung bekam ... ging's dann ziemlich gut. Noch nicht ganz topp aber fast zufriedenstellend.

In jungen Jahren hatte ich natürlich auch Zahnwechsel. Das war manchmal schon schmerzhaft. Claudia hat dies gemerkt und mir damals einen Bernstein in die Mähne geflochten. Eines Tages, als ich den Stein nicht mehr brauchte, löste sich der automatisch aus meiner Mähne. Claudia fand den Stein bei meinem Liegeplatz, als sie saubermachte, und als sie das Stroh schüttelte, lag da auch noch ein Backenzahn von mir. Damals hat sie dann den Bernstein aufs Fenstersims im Stall gelegt. Mehr dazu später.

So, jetzt erzähle ich Euch nichts mehr über meine Zähne. Lieber wieder was anderes.

Einmal, das ist schon lange her, kam an einem eigentlich erst schönen Nachmittag auf einmal ein Unwetter. Das kam ziemlich schnell vom Westen her. Der Himmel war dunkel, fast schwarz. Wir wussten, dass da etwas ziemlich Unangenehmes im Anrollen war. Claudia kam auf die Weide gerannt und wollte uns in den Stall holen. Aber meine Vizemama wollte nicht, weigerte sich und rannte unter den Nussbaum. Dann wollte sie mich zum Unterstand auf der Weide holen. Nein, ich durfte nicht. Meine Vizemama hat es mir verboten. Sie hat es mir verboten, unter dem Unterstand auf der Weide zu stehen. Naja, Claudia ließ uns auf der Weide unter dem Nussbaum. Es begann zu regnen und zu hageln. Wie aus Kübeln hat es gegossen. Und ich musste neben meiner Vizemama unter dem Nussbaum stehen. Könnt Ihr Euch vorstellen, wie das ist? Wahrscheinlich nicht. Ich wurde bis auf die Haut nass, und es war sehr unangenehm. Und apfelgroße Hagelkörner platterten vom Himmel auf den Nussbaum nieder und dann auf uns. Poh, das war nicht ohne! Diese grossen Hagelkörner haben fast den Nussbaum entlaubt. Dann begann es zu donnern und zu blitzen und ich stand ganz nahe neben meiner Vizemama. Ich hatte **sicherlich keine** Angst, aber ich fand: Warum nicht etwas näher bei ihr stehen? Ich wurde dann weniger von all diesem gefährlichen Zeugs getroffen. Die Claudia hat dann irgendwann begriffen, warum wir unter dem Nussbaum standen. Weil es in der Geschichte noch nie vorgekommen ist, dass Tiere, die unter einem Nussbaum standen, vom Blitz erschlagen wurden. Gut, gell! Übrigens: Früher haben die Landwirte den Tieren im Winter Nussbaumblätter ins Stroh gestreut und so gab's nie Parasiten. Wissen das die heutigen Landwirte?

Huch, da muss ich noch was ganz Schlimmes erzählen! Zweimal im Jahr ist's ganz laut hier in der Umgebung. Es tun uns Tieren die Ohren weh, und wir erleben Angst und Schrecken! Es war Sommer, und eines Tages dröhnten meterlange Raketen auf uns Tiere zu! Kinder aus der nahegelegenen Siedlung schossen die auf uns los. Es war gefährlich, und Juliette sagte uns Tieren, dass wir nicht mehr auf die untere Weide dürfen … zu gefährlich. Auch kleinere Raketen heulten uns um die Ohren und fielen irgendwann auf die Holzstapel oder sonst ins Gras. Es wurden „Rauch-Sonnen" an den Pfählen unserer Weide montiert und angezündet. Wir hatten Angst. Nachts hatten wir Angst. Es tönte wie im Krieg, den Großvater erlebt hatte. Laute Explosionen und dumpfe Knalle, als wenn Bomben auf die Erde fielen. Claudia war bei uns und gab uns mehr Futter. Juliette kannte das anscheinend und verhielt sich ruhig, jedoch konnte sie nachts auch nicht schlafen. Tagsüber kamen dann wieder die gefährlichen Raketen. Claudia erklärte mir, dass der Mensch den 1. August „feiert" mit diesem Lärm und Gestank. Normalerweise sei dies jedoch einfach am 1. August. Es wurden uns jedoch drei Wochen vorher schon Raketen nachgeschossen. Claudia versuchte, es den Kindern und Jugendlichen zu erklären. Leider haben die ihr Beschimpfungen aus der untersten Schublade zugeschrien. Es hat schon viel gebraucht, und eines Tages ist Claudia wie ein Vulkan zu einer dieser Mütter gegangen und hat ihr so eine meterlange Ultrahightech-Rakete gebracht, mit der ihre Kinder und andere vom Quartier auf uns gezielt hatten. Claudia hat diese Mutter so zusammengeschissen, weil die noch so blöde gesagt hat: „Wo sollen denn meine Kinder sonst diese Raketen ablassen?" Claudia meinte dann: „Bei Euch im Quartier!" Die Frau meinte: „Das ist zu gefährlich, da könnten die Häuser in Brand gesteckt werden!" Claudia meinte: „Aha, aber unsere Tiere verletzen und unseren Heustock in Brand setzen, ist egal?" Claudia war so wütend, denn die Frau war eine Drogistin und verkaufte zum damaligen Zeitpunkt einerseits Feuerwerk für den 1. August, jedoch auch Notfalltropfen für all die armen Tiere. Claudia erinnerte sie daran, wie völlig schizophren das ist.

So ist einige Zeit vergangen, und ich bin jetzt schon viele Jahre auf diesem Hof und habe mehr an Stärke gewonnen. Die Claudia geht mit mir regelmäßig spazieren und macht mit mir Intervalltraining, das ist auch gut für sie … ☺

Sie war dann auch mal an einem Zirkuslehrgang, und seither machen wir nebst Bodenarbeit noch Kunststückchen. Eines ist zum Beispiel: Sie sagt mir „schlöfelä" und dann lege ich mich ins Gras.

Shona und Flavia, die beiden Hündinnen, liegen dann neben mir, und Jana und Princess of Heustock sind auf den Holzpfählen des Zaunes. Neu kommt jetzt immer noch Hugo S. schauen. Der ist letztes Jahr zu uns gezogen. Ganz abgemagert ist er im Garten im Tomatenhäuschen aufgetaucht. Er fand, dass es hier ein idealer Lebensplatz ist, für ihn als Kater. Claudia hat dann gefunden, dass man ihn füttern müsse, und somit hat er Einzug in unserer Familie gehalten. Anfangs fand jedoch Flavia: „Was will denn der hier?" Jedoch Shona fand, der passt zu uns. Vielleicht wusste Shona, dass Hugo S. ein guter Mäusefänger ist. Aber dazu sage ich nichts, denn ich bin Vegetarier und kann nichts anfangen mit herumliegenden grauseligen Mäuseteilen. Aber ich habe gesehen, dass Hugo S. meistens die ganzen Mäuse frisst ... uahh! Das ist eben typisch für Hugo S.

Manchmal wechseln wir auf die andere Weide, dann sehe ich immer die Kaninchen im Außengehege. Da ist die hübsche Lady und ... Yaki Nepomuk sieht aus wie eine Perücke, ist jedoch ein Langhaar-Kaninchen ... sieht sooooooooo lustig aus. Als der zu uns auf den Hof kam, hat man nicht gewusst, was vorne und hinten war. Man konnte gar nicht erkennen, dass dies ein Kaninchen war ... sah aus wie eine Filzperücke ... hi hi ... Ich meine, heute sieht er aus wie ein Prachtkerl ... keine Filzquaddeln mehr, sondern ein glänzendes schönes Fell ... er ist vom Tierheim und ist bei den Kaninchen Chef. Lady ist eine Loh-Dame und kam von einer Frau, die solche Kaninchen züchtet. Weil Lady zu lange Ohren hatte, passte sie nicht ins Zuchtbild und wurde weggegeben.

Und neu seit diesem Sommer sind da noch Cristal und Geourgie, auch ein Pärchen. Die Besitzerin von diesen beiden Kaninchen ist leider altersbedingt verstorben. Die Familienmitglieder konnten die Kaninchen nicht halten, somit sind sie dann via Tierheim zu uns gekommen. Passt. Da läuft immer was. Ganz spannende Dinge.

Letztens ist die Claudia mit mir spazieren gegangen und uns begegneten zwei Reiter. Claudia sagt zu denen nur die „Reitvereinler". Sie hat mir erklärt, dass dies meistens so vollgefressene Typen seien. Dicke Ranzen und einen Stumpen im Gesicht ... manchmal sagt sie auch „Stumpengesichter". Solche, die mit ihren Pferden von Beiz zu Beiz reiten, jedes Mal Alkohol trinken, und dann müssen die Pferde die Torkelnden nach Hause tragen. Das sind die, die meine Besitzerin, wenn sie mit Juliette unterwegs war, immer frech vom hohen Rosse angrinsten und sagten: „Magsch en ghebä?"

Heute lacht sie innerlich und erzählt mir dann alles. Weil sie viel gelernt hat. Zum Beispiel gibt's einen, der hat auch immer was Dummes zu rüsseln. Und sie sagte mir, dass der gar nicht reiten kann. Der baumelt auf dem Pferd hin und her, als wäre es ein Schaukelpferd ... leider noch im Untakt. Anscheinend merken die das nicht. Ein anderer hat Eheprobleme und hat darum so eine unfreundliche Art. Wiederum ein anderer ist Alkoholiker. Diese Reitvereinler sind auch meistens die, die eine große Schnauze haben aber ihre Pferde in kleinkarierten Boxen jahraus jahrein eingesperrt haben und meistens noch mit Gittern bis an die Decke. Dick eingepackt mit diversen Decken und Bandagen verkümmern diese Tiere langsam und bekommen in jungen Jahren schon Standschäden. Träumen ein Leben lang von saftigen Weiden. Werden die Besitzer angesprochen, warum die Pferde nicht auf eine Weide dürfen ... es könnte was passieren.

Mann doof, gell. Mir passiert doch auch nichts auf der Weide, auch wenn ich manchmal akrobatisch unterwegs bin. Diese Pferde haben auch schon in jungen Jahren Schmerzrunzeln um ihre Augen.

Da bin ich froh, dass ich ein schönes Plätzchen habe.

Hey, in der Putzkiste gibt's noch eine spezielle Putzbürste vom Militär mit einer Nummer drauf. Die hat Claudia von ihrem Großpapi bekommen. Er war lange Zeit Berufssoldat in der Reitkavallerie und hatte die Aufgabe, die Pferde des Obersten zu betreuen und auch auszubilden. Er war in jungen Jahren in Texas und hat da Wildpferde ausgebildet. Aber da hat er ihr nichts Gutes erzählen können. Denn damals hat man den Pferden den Willen gebrochen, das war für ihn eine schlimme Zeit, dort arbeiten zu müssen, und noch schlimmer war es für die Pferde. Für ihn war es dann besser wieder im Schweizer Militär. Aber es waren ganz schlimme Zeiten. Vor allem zu Kriegszeiten war das nicht einfach. Er erzählte, dass sie irgendwann zu wenig Futter für die Pferde hatten, sie haben Hafer mit Karton gemischt den Tieren verfüttert und so die futterarmen Zeiten überbrückt. Damals sei er jeweils morgens mit seinem Chef schnell von Aarau nach Bern geritten. Weil der da zu tun hatte. Heute müsste man da ein paar Autobahnen überqueren. Er hat Claudia viele Tricks erzählt. Auch haben sie immer beim Militär Rennen veranstaltet. Er betreute des Obersten Pferd, und dieses Pferd konnte er mit einem Pfiff rufen. Und als sein Oberst an einem Rennen teilnahm, stand er einfach im Ziel und pfiff nach dem Pferd. Es wollte natürlich so schnell wie möglich bei ihm sein … mit dem Nebeneffekt, dass der Oberst das Rennen gewann. Auch hatte er dann später eigene Tiere zuhause und hat jeweils mit dem Hund Kunststückchen gezeigt. Die Tiere fühlten sich wohl bei ihm und haben diese Kunststückchen gerne gemacht, denn er hat das, was er in Texas „gelernt" hatte, sicher nicht mehr angewendet. Sondern erkannte das eigene Wesen in jedem Tier und hatte Freude an den Tieren. Und wusste jedes so positiv zu behandeln, dass sie ihn verstanden.

Claudia hat für uns auch einen speziellen Pfiff. Und dann wissen wir, es geht Richtung Stall. Manchmal kommt sie uns jedoch auch auf der Weide abholen. Ist ganz verschieden und auch abwechselnd und somit spannend. Sogar Chnobli und Peppo rennen wie die Wilden von der Weide Richtung Stall. Das sieht wahrscheinlich total lustig aus. Und die Alpakas nebenan springen dann mit. He he.

Als ich mit einem Jahr auf diesen Hof kam, machte Claudia mal eine schamanische Reise, um einerseits zu schauen wie sie mir gesundheitlich helfen konnte, und anderseits aktivierte sie mein Krafttier. Sie sah damals ein Tier mit vier Beinen und einer Antenne … hi hi … und sie checkte einfach nicht, was das bedeutet. Sie hat es einfach so stehenlassen und dachte wohl, das Krafttier entwickle sich dann wahrscheinlich schon noch … hi hi. Sie sagte einfach immer mal wieder: „Jaja, Simba ist halt ein Außerirdischer." Sie meinte damit ein ganz Spezieller … hi hi … aber sie hat es einfach nicht gecheckt mit meiner „Antenne". Bis letztes Jahr der Indianer und Schamane Nopaltzin zu uns auf den Hof kam. Claudia zeigte ihm den Hof und kam auf die Weide, um uns vorzustellen. Er hatte Freude und lächelte zufrieden. Claudia zeigte dann noch ein paar Kunststückchen mit mir. Er staunte nicht schlecht, denn das hatte er so noch nie gesehen. Claudia meinte, dass ich halt ein bisschen ein Außerirdischer sei, und er grinste und sagte: „ …!" Hi hi, so viele Jahre sind vergangen, und jetzt hat es Claudia endlich gecheckt … hi hi. Wenn Du Leser/in aufmerksam bist, wirst Du es selbst erkennen.

Es ist wieder einige Zeit vergangen. Letztes Jahr hat Claudia erfahren, dass meine Mama gestorben ist. Ich war mehrere Tage wütend, so wütend, wie wenn immer Vollmond ist. Es ist halt meine Art, mit Informationen und Zuständen umzugehen.

Hey, noch was wegen dem Bernstein. Letzens hatte Juliette Schmerzen im Maul. Sie konnte gar nicht mehr richtig fressen. Oder anders gesagt, sie kaute Heubällchen und warf sie wieder raus, weil sie sie nicht ganz fertig kauen konnte. Claudia stellte fest, dass sie an den hintersten zwei Backenzähnen Schmerzen hatte. Irgendwie, als ob ein Körnchen da wahrscheinlich zwischen das Zahnfleisch gerutscht ist und eine Entzündung ausgelöst hat. Claudia kam mal noch in den Sinn, dass sie einen Bernstein, so wie bei mir damals, in die Mähne flechten könnte, hat dies jedoch vergessen!

Sie ließ den Tierarzt kommen, und der guckte da ins Maul und hantierte mit dem Raspel und merkte, ja, tatsächlich reagierte sie da mit Schmerz. Er verschrieb einen Entzündungshemmer und Abschwellmittel. Claudia war damit einverstanden, denn Juliette fraß schon zwei Tage nicht mehr richtig. Claudia meinte, weil Juliette schon eine Old Lady sei, wolle sie da keine Zeit verlieren und halt mal etwas „Chemie" geben.

Am andern Tag, als Claudia morgens in den Stall kam, staunte sie, denn der Bernstein, der neun Jahre auf dem Fenstersims war (den sie damals mir in die Mähne geflochten hatte), lag mitten auf dem Boden beim Stalleingang. Naja, wenn der Mensch halt Dinge vergisst, muss man sie halt vor die Nase werfen.

Sie staunte, denn sie kann sich heute noch nicht erklären, wie der Stein dahin kam. Gut gell ... hi hi.

Ich bin jetzt zehnjährig, putzmunter und leistungsfähig und meine Vizemama ist über 34 Jahre alt, auch putzmunter und „schleift" mich ab und zu ... ist es doch schön hier. Es gibt Leute, die es wahnsinnig wundert, was wohl das Geheimnis ist, dass Juliette schon so ein hohes Alter erreicht hat.

Aber es gibt kein Geheimnis. Bei Claudia werden alle Tiere alt. Sie ist auch keine Pferde- oder Tierflüsterin. Nein, nein, sie flüstert auch nicht zu uns. Es ist ganz einfach … sie hört uns nur zu und befasst sich schon das ganze Leben mit dem Naturkreislauf. Auch die kleinste Marienkäferlarve hat eine riesengroße Bedeutung auf Erden, und in jedem Regentropfen steckt das ganze Universum drin!

Shona ist letztes Jahr über die Regenbrücke gegangen, jedoch war sie schon ein paarmal wieder hier mit spannenden Informationen. Ihr geht es gut dort, wo sie sei. Es gibt dort schwarze Hunde, die Claudia auch kennt. Und sie hätte ganz viel zu tun. Dazu mehr vielleicht in einem nächsten Büchlein, in dem Claudia von Ihrer täglichen Arbeit schreiben möchte.

Ich bin Simba, ich bin immer noch der Gleiche, jedoch nicht derselbe. Wer bist Du? Bist Du auch ein Einhorn? Es geht die Zeit vorüber, und es gibt Entwicklungen bei uns Tieren, wie auch bei den Menschen. Es finden Transformationen statt, wie bei einem Schmetterling und es ist gut so.
So, jetzt habe ich Hunger und muss fressen. Wieher!

p.s. Katharina springt neuerdings in der Badi vom Fünf-Meter-Turm! Sie muss sich wohl so hoch oben wie ein Adler auf seinem Horst fühlen …

NACHGEWIEHER

Liebe Kinder und Erwachsene, tut etwas … helft mit, dass sich die Erde wieder heilen kann. Tragt Sorge für die Natur mit all den Bewohnern. Geht liebevoll und voller Respekt damit um und schafft Harmonie bei Euch, in Eurem Umfeld und vielleicht noch weiter. Ruft alle zusammen, um zu helfen. Ihr schafft es!

Ruhe ist schön
Ruhe ist Frieden
Ruhe ist Freude
Ruhe ist Harmonie
Ruhe ist Klar
Freude in Harmonie leben
Meisterschaft
Kraft
Lustig sein
Freude bereiten
Mitmenschen achten, Freude mitteilen
Ehre
Achtsam
Respekt
Mitte
Balance
Würde
Lernt Frieden
Lernt Achtsamkeit
Lernt Respekt
Lernt Danke sagen
Lernt Harmonie
Ihr erntet …

DANKE!

Die Autorin

Claudia Schmidli wurde im Sommer 1970 in der Ostschweiz geboren. Als sie sechs Jahre alt war, zog sie mit ihren Eltern und dem Bruder auf den Bauernhof der Urgroßeltern. Bereits von frühester Kindheit an war sie fasziniert von den Tieren auf dem Hof, dem Feld und im Wald und sie spürte, dass alles miteinander kommuniziert. Die Liebe zu den Tieren sollte ihr Leben entscheidend prägen und ihr den Anstoß geben, sich auf das Abenteuer eines Lebens mit Tieren und Menschen einzulassen. Ihre Freude und Begeisterung für die Natur führte sie über mehrere Umwege zu ihrer heutigen beruflichen Tätigkeit als Schamanin. In all den Jahren lernte sie vieles von Therapeuten, Trainern und Schamanen im In- und Ausland. Ihre wichtigsten Lehrer sind jedoch nach wie vor die Tiere und die Natur. Sie sagt: „Ich staune immer wieder über die kleinen und großen Wunder, die Perfektion, die die Natur in sich birgt und bietet, wenn man sie auch lässt!"

Lebensfreude, Kraft und Gesundheit
www.schmidli-claudia.ch

novum VERLAG FÜR NEUAUTOREN

Der Verlag

> *Wer aufhört
> besser zu werden,
> hat aufgehört
> gut zu sein!*

Basierend auf diesem Motto ist es dem novum Verlag ein Anliegen neue Manuskripte aufzuspüren, zu veröffentlichen und deren Autoren langfristig zu fördern. Mittlerweile gilt der 1997 gegründete und mehrfach prämierte Verlag als Spezialist für Neuautoren in Deutschland, Österreich und der Schweiz.

Für jedes neue Manuskript wird innerhalb weniger Wochen eine kostenfreie, unverbindliche Lektorats-Prüfung erstellt.

Weitere Informationen zum Verlag und seinen Büchern finden Sie im Internet unter:

www.novumverlag.com